Marco et Zé

Arnaud Alméras & ®obin

L'arrivée du bébé

Éditions
amaterra

Le petit frère de Zélie et Marco vient de naître.
Aujourd'hui, il est rentré de la clinique avec ses parents.
Zélie ne tient pas en place :
– Célestin, il est trop chou ! Il est trop mignon ! Il est…
– …trop petit, ajoute Marco.

Lorsque sa maman s'installe pour donner le sein à Célestin, Zélie est très intriguée :
– Ça ne te fait pas mal quand il tète ?
– Mais non, ça va très bien, répond sa maman.

– Comment peut-il boire aussi longtemps,
alors qu'il est minuscule ?
s'étonne Marco.

C’est l’heure du bain.
– Célestin est tout content ! s’attendrit le papa.
Regardez comme il remue les jambes.
On dirait une grenouille.

Zélie voudrait bien l'aider.
– Fais attention, lui dit son papa, un bébé, c'est fragile.

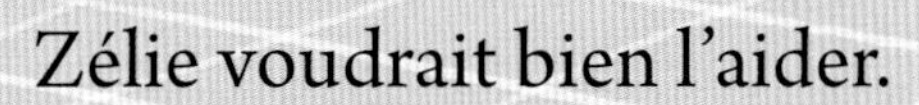

Marco hausse les épaules :
– Moi, je voulais un petit frère costaud pour jouer aux chevaliers.

– Peut-être il préférera jouer à la dînette avec moi ? réplique Zélie.
– Alors ça, ça m'étonnerait, il est pas bête quand même ! ricane Marco.
– C'est toi qui est bête de dire ça ! répond Zélie.

Marco court chercher son ballon et crie :
– Marco, le champion du monde, dribble cinq joueurs, oh lala, il prend son élan et but !

BOUM ! Le ballon atterrit dans le berceau de Célestin.

La maman de Marco est rouge de colère :
– Mais enfin, Marco ! Tu te rends compte ? Si Célestin avait été dans son berceau !

Pendant que le bébé fait la sieste, Marco le regarde et marmonne :
– Moi, je trouve que c'était mieux quand Célestin était dans le ventre de Maman. Et d'abord, il ne sait rien faire ! Il est complètement nul.

La décision de Marco est prise :
– En plus, Papa et Maman vont être trop fatigués, s'ils s'occupent tout le temps du bébé.
Il faut que je les aide !

Marco a vraiment très envie de mettre
Célestin dans la corbeille à papier…
C'est alors que son papa apparaît.

– Qu'est-ce que tu fabriques avec Célestin ?
File dans ta chambre !
ajoute-t-il en prenant le bébé dans ses bras.

Cette nuit-là, Marco fait un affreux cauchemar
dans lequel le bébé est devenu un monstre énorme.

Le monstre s’approche de lui pour le dévorer,
en poussant des cris terrifiants.
Marco se réveille en sursaut.

Même réveillé, les cris du cauchemar continuent.
Ce sont les pleurs du bébé !
Vite, Marco court jusqu'à la chambre de ses parents.

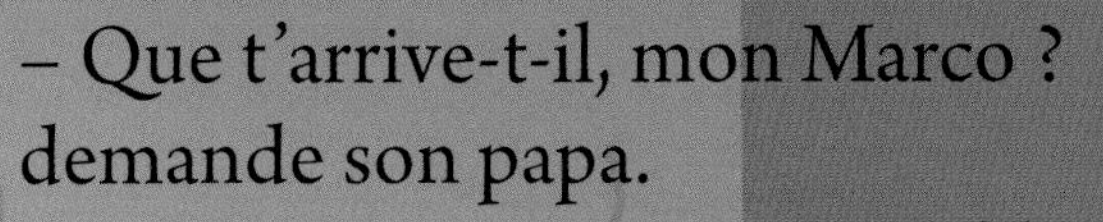

– Que t'arrive-t-il, mon Marco ?
demande son papa.
– J'ai fait un cauchemar horrible !
Célestin était un ogre !

Zélie entre à son tour dans la chambre.
– Et voilà, Célestin a réveillé toute la maison, grogne son papa en allumant la lumière.

– Impossible de le calmer, soupire sa maman,
je ne sais plus comment faire.

Soudain, le bébé cesse de pleurer. Il semble très intéressé par son grand frère. Marco s'approche.
– Tu veux le prendre un peu dans tes bras ? demande sa maman.

Marco berce doucement le bébé et chuchote :
– Regardez, on dirait qu'il sourit !
– Oui, répond sa maman, il doit se sentir bien dans tes bras.

– Il dort !
murmure soudain
le papa de Marco.
Bravo, Marco !

Le petit garçon est très fier :
– Bon, Célestin peut rester dans la famille... Mais il faut vite qu'il grandisse, pour qu'on joue aux chevaliers !